1

1

Susanne Stephan schreibt Lyrik und Essays. Ihre Gedichte bewegen sich in vielen Sphären; mittels genauer Beobachtungen und poetischer Bilder bringen sie Gedanken zum Vorschein. Dies veranschaulichen auch ihre Haiku, in denen sich verdichtet eine unendliche Geschichte öffnet.

LESEZEIT

LITERARISCHER ADVENTSKALENDER
für Baden und Württemberg

3grad

Die Adventswochen sind eine Zeit der Vorbereitung
auf das Weihnachtsfest – das längst mehr ist
als die Feier zur Geburt Christi. Diese Zeit wird
als magisch empfunden, von vielen sehnlichst
erwartet und mit den unterschiedlichsten Wünschen
und Vorstellungen aufgeladen.

Der Winter und die Weihnachtszeit haben durch
die Jahrhunderte viele Dichter inspiriert.
Einiges davon haben wir hier für Sie zusammen-
getragen. Wir möchten Sie damit Tag für Tag
durch den Advent begleiten.

Die Wintersonne
punktgenau, wo es blendet.
Raumweit die Kälte.

Susanne Stephan

Susanne Stephan
* 11. Januar 1963 in Aachen

2

AM ANDERN MORGEN

Gustav Schwab kann als der erste für Schwaben und die Alb
begeisternde Reiseschriftsteller gelten. Sein Albführer erschien
mehr als zehn Jahre vor Karl Baedekers erstem Reiseführer.
1837 folgten seine künstlerisch ausgeschmückten »Wanderungen
durch Schwaben« – durchaus mit Handbuch-Charakter.

AM ANDERN MORGEN

Über Nacht das Thal beschneit,
Über Nacht ward's Winterszeit!
Schneeweiß blühn alle Bäume,
Das sind mir Blütenträume!

Gustav Schwab 1822
Nr. 2 aus dem Zyklus »Aprilreise«

Gustav Benjamin Schwab
* 19. Juni 1792 in Stuttgart † 4. November 1850 ebenda

3

Sein erstes Gedichtbändchen »Nachtschatten« unter dem
Pseudonym C. F. Stuart – für C(äsar) F(laischlen) Stu(ttg)art –
galt noch als zu subjektiv. Doch davon ließ er sich nicht ent-
mutigen und der Erfolg gab ihm Recht. Von den Verkaufszahlen
»Von Alltag und Sonne« würde heute manch Lyriker:in träumen.

DEZEMBER

Nun ist Alles wieder nur
ein großes stilles Warten:
daß die Wiesen wieder grün
und daß im Garten
draußen
wieder die Rosen blühn!

Cäsar Flaischlen

Cäsar Otto Hugo Flaischlen, Pseudonym: Cäsar Stuart
* 12. Mai 1864 in Stuttgart
† 16. Oktober 1920 im Sanatorium Hornegg bei Gundelsheim

4

Walle Sayer, der Meister der kleinen Form, braucht nur wenige Worte, um seine Gedichte zum Klingen oder Leuchten zu bringen. Kein Wort zu viel, keines an der falschen Stelle, so entsteht der innere Rhythmus seiner »Seh-Gedichte« und »Stillleben«, der manchmal mehr vom Sehen, manchmal mehr vom Hören kommt.

ADVENTSBILDCHEN

Die angestrahlte Kirche.
Weit der nächtliche Abraum über ihr.
Im Inneren verstimmt ein Kältegrad die Orgel.
Während sie hinschwebt
                    auf dieser Lichterhebung.
Allein das Spannseil deines Blickes
                    hält sie fest.

Walle Sayer

Walle Sayer
* 13. September 1960 in Bierlingen bei Tübingen

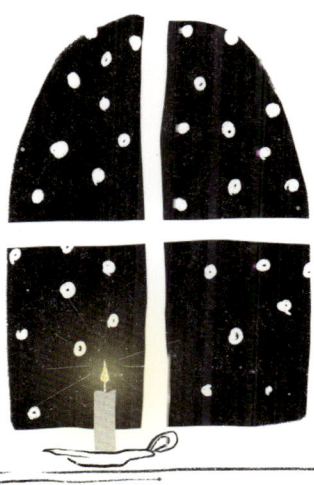

WINTERNACHT

Vom Buchhändler zum Literaturnobelpreis – mit diesem Werde-
gang befand sich Hesse in guter Gesellschaft, starteten doch viele
Literaten im Buchhandel. Er will Dichter werden und sonst gar
nichts. Dabei hilft ihm die Routine im Antiquariat. Die gibt
Raum für seine eigentliche Neigung – das Schreiben.

WINTERNACHT

Feuerzungen flackern im Kamin,
Vor den Fenstern Grau und Flockenfall,
Durch die müde Abendtrauer hin
Zuckt verflogener Sommer Widerhall.

Meiner Kindertage denk ich nun,
Lang vergessener Märchenton erwacht:
Glocken läuten und auf Silberschuhn
Geht das Christkind durch die weiße Nacht.

Hermann Hesse Dezember 1921

Hermann Hesse, Pseudonym: Emil Sinclair
* 2. Juli 1877 in Calw † 9. August 1962 in Montagnola

6

Eichendorff verband eine besondere Liebe zu Heidelberg. Als Student verlor er sein Herz nicht nur an die Stadt mit ihrer »über alle unsere Erwartungen unbeschreiblich wunderschöne(n) Lage«, sondern auch an die reizende Katharina Förster − wovon viele seiner späten Gedichte und Novellen zeugen.

WEIHNACHTEN

Markt und Straßen steh'n verlassen,
Still erleuchtet jedes Haus,
Sinnend geh ich durch die Gassen,
Alles sieht so festlich aus.

An den Fenstern haben Frauen
Buntes Spielzeug fromm geschmückt,
Tausend Kindlein steh'n und schauen,
Sind so wunderstill beglückt.

Und ich wandre aus den Mauern
Bis hinaus in's freie Feld,
Hehres Glänzen, heil'ges Schauen!
Wie so weit und still die Welt!

Sterne hoch die Kreise schlingen,
Aus des Schnees Einsamkeit
Steigt's wie wunderbares Singen –
O du gnadenreiche Zeit!

Joseph von Eichendorff

Joseph Carl Benedikt Freiherr von Eichendorff
* 10. März 1788 auf Schloss Lubowitz bei Ratibor
† 26. November 1857 in Neisse

7

Der Erste Weltkrieg war für den Autodidakten das Schlüssel-
erlebnis: 1919 erhielt er den Kleist-Preis und der öffentliche
Durchbruch erfolgte. Die NS-Zeit brachte den künstlerischen
Tiefpunkt, von dem er sich erst im hohen Alter erholte – er kehrte
zur Lyrik zurück und verfasste seine besten Gedichte.

DIE KLEINE FREUDE

Eine kleine Freude
sah ich am Wege liegen,
stumm und blaß und wangenhohl.
Warum denn wohl?

Die Menschen hatten im Zeitgeschehen
die kleine Freude nicht mehr gesehen.
Kam einer, der sie ein wenig putzte
und mit Hoffnungsleder rieb,
und die Freude als Freude benutzte
und er hatte sie lieb.

Zur selbigen Stund
ward die kleine Freude gesund.

Kurt Heynicke 1981

Kurt Heynicke
* 20. September 1891 in Liegnitz † 18. März 1985 in Merzhausen

8

IM WALD

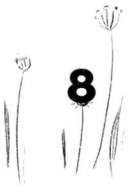

8

Anna Breitenbach, eine Poetin und Künstlerin mit Kopf und Gefühl,
Schreibkraft mit Leidenschaft. Die Gedichte fliegen ihr zu, die
Geschichten passieren ihr – sie muss nur mitschreiben, sagt sie.
Nimmt die Wörter gern wörtlich, baut lyrische Falltüren ein,
dichtet rhythmisch, slamerprobt. Immer dabei: Poetry to go.

IM WALD

Durchgefrorene Gräser mit
Glitzerschnee besprüht,
steife Bäume im weißen Pelz
stehn leise rieselnd herum ...
Vorsichtig steige ich durch
die Weihnachtsdeko − am
wenigsten festlich: ich.

Anna Breitenbach

Anna Breitenbach
* bei Bebra/Hessen

9

Hans Erich Blaich, von Geburt Schwabe, Arzt als Profession
und Philosoph aus Berufung. Sein Pseudonym Dr. Owlglass,
zu Deutsch »Eulenspiegel«, unterstreicht seinen Wunsch, das
Menschentreiben kritisch beobachtend mit einem schelmischen
Lächeln literarisch zu begleiten.

WEIHNACHTLICHER WALD

In der alten, alten Heimat,
da dämmert ein Wald.
Ich hör noch die Axt, die von fernher schallt.
Schlief nicht ein Weiher inmitten
zu jener Zeit,
da wir als Räuber durchs Unterholz glitten?
Oh, wie liegt alles so weit!

Und die Tannen von damals
– dahin, dahin!
Sind neue gewachsen mit altem Sinn:
leben und fallen und leben ...
ein ewiges Ja!
Christbäume muss es in Ewigkeit geben.
Ewig sind Kinder da!

Dr. Owlglass

Hans Erich Blaich, Pseudonym seit 1895: Dr. Owlglass
* 19. Januar 1873 in Leutkirch † 29.10.1945 in Fürstenfeldbruck

ABENDGLÜHEN
IM WINTER II

10

10

Der Einsatz als Militärarzt in der Revolution von 1848 gegen seine badischen Jugendfreunde brachte Hermann Linggs Seelenleben gehörig durcheinander. Erst durch seine Heirat und die Hinwendung zur Schriftstellerei stabilisierte sich seine Verfassung, und er machte durch seine Lyrik auf sich aufmerksam.

ABENDGLÜHEN
IM WINTER II

Wie Erinnerung
An verblich'ne holde Träume
Glüht noch goldne Dämmerung
Durch entlaubte Bäume;
Und ihr Widerschein
Webt, von Frost umschauert,
Dort noch Flammen ein,
Wo die Nacht schon lauert.

Hermann Lingg

Hermann Lingg, ab 1890 Ritter von Lingg
* 22. Januar 1820 in Lindau † 18. Jun. 1905 in München

11
WINTER

11

»Ich habe niemals Hölderlin geheißen, sondern Scardanelli!« –
Ganze 36 Jahre lebte der Dichter, gefangen in seinem Wahn, in
einem Turmzimmer in Tübingen. Seine Gedichte aus jener Zeit
signierte er mit dem Fantasienamen sowie häufig mit dem Zusatz
»mit Unterthänigkeit« und einem erfundenen Datum.

WINTER

Wenn sich das Laub auf Ebnen weit verloren,
So fällt das Weiß herunter auf die Thale,
Doch glänzend ist der Tag vom hohen Sonnenstrale,
Es glänzt das Fest den Städten aus den Thoren.

Es ist die Ruhe der Natur, des Feldes Schweigen
Ist wie des Menschen Geistigkeit, und höher zeigen
Die Unterschiede sich, daß sich zu hohem Bilde
Sich zeiget die Natur, statt mit des Frühlings Milde.

d. 25 Dezember 1841.
Dero
unterthänigster
Scardanelli.

Johann Christian Friedrich Hölderlin
*20. März 1770 in Lauffen am Neckar † 7. Juni 1843 in Tübingen

12

*1815 war kein guter Winter für Justinus Kerner. Die Zimmer
der ersten Wohnung in Gaildorf lassen sich kaum heizen. Nicht
unschuldig daran sei der Vermieter gewesen, schreibt die Tochter
Marie 1877 in ihren Erinnerungen, da der Eigentümer die glühen-
den Holzscheite immer wieder auf seine Seite des Ofens zog.*

WINTERGEFÜHL

Möchte von der Erde fliehen,
Wann auf ihr nur Menschen ziehen,
Doch erstarrt ist Baum und Kraut:
Wann der Fluß mit Eis umzogen,
Wann der Vogel fortgeflogen,
Schneeumwölkt die Sonne schaut.

Mensch! o Mensch! kannst mir nicht geben,
Was mir gibt der Berg voll Reben,
Gibt der Baum von Früchten licht,
Was mir gibt Gras, Kraut und Blüte,
Was mir liegt im Vogelliede, –
Mensch! verzeih! das gibst du nicht!

Justinus Kerner

Justinus Andreas Christian Kerner
* 18. September 1786 in Ludwigsburg
† 21. Februar 1862 in Weinsberg

13

13

Kehle verdichtet vermeintlich Nebensächliches zu starken Bildern.
Mal verschlüsselt, mal klar, mal reduziert, dem Leben folgend.
Mit minimalistischer Sprache und gewandter Zeilenbrechung
ergeben sich Richtungswechsel und Vieldeutigkeiten, bewusst
als Einladung zum Verweilen und Hinterfragen eingesetzt.

DEZEMBERMORGEN

Eine Seufzerstunde
abgewöhnte Wärme
jede dunkle Ecke
ein Herrgottswinkel

Ich halte Winterdienst
mit meinem Stubenleib
draußen der Himmel
vergilt Gleiches mit

Gleichem augenbetäubend
nichts habe ich
zu bergen aus dieser
probeweißen Finsternis

Matthias Kehle 16. Dezember 2008

Matthias Kehle
* 17. Februar 1967 in Karlsruhe

14

14

Von Scheffel wurde schon zu Lebzeiten als Star gefeiert:
Historisches hatte Hochkonjunktur und der Dichter praktizierte
nachgerade PR und Imagepflege. Was seine Leserschaft neben
Bildung und Geschichte am meisten für ihn einnahm, war die
geistreiche Unverbrauchtheit, die seine Gedichte ausstrahlten.

SO UNSANFT MAG
KEIN WINTER SCHNEIN

So unsanft mag kein Winter schnein,
So grob kein Wetter wüten:
Es kommt die Zeit und kommt ein Schein,
Da prangt die Welt in Blüten.

Wo rauh und dicht erst lag der Schnee,
Steht blau und licht der Märzviol,
Und that dir Leid nach Liebe weh,
Thut zwiefach Lieb nach Leide wohl.

Victor von Scheffel

Joseph Victor Scheffel, ab 1876 vor. Scheffel
* 16. Februar 1826 in Karlsruhe † 9. April 1886 ebenda

15

DIE ZEICHNUNG

15

Der lange Zeit in Vergessenheit geratene Max Kommerell kann zu den bemerkenswertesten Literaturwissenschaftlern seiner Zeit gezählt werden. Neben seinen wissenschaftlichen Arbeiten veröffentlichte er auch zahlreiche Gedichte, dramatische Werke und Übersetzungen.

EINE ZEICHNUNG

Er wollte deine Reinheit malen
Und ließ in geisterhaft und leis
Gehauchten Nebeln einen schmalen
Dem Zweige leichten Vogel weiß —

Kein Umriß — nur ein weißer Schatte.
Ein Umriß wäre viel zu hart.
So wurdest du auf seinem Blatte,
Du Ungreifbare! Gegenwart.

Max Kommerell

Max Kommerell
* 25. Februar 1902 in Münsingen † 25. Juli 1944 in Marburg

16

16

Mörikes Märchen, die er mit Nürnberger Ware, also Spielereien,
gleichsetzte, gehören noch heute zu seinen lebendigsten Werken.
Vermutlich gerade wegen der Möglichkeit, sich hier spielerisch
eine künstlerische Freiheit zu nehmen, die er sonst nicht hatte.
Und diese Freiheit fasziniert uns noch heute.

AN EINEN
KRITISCHEN FREUND,
der unzufrieden war, da der Verfasser
neue Märchen schreiben wollte.

Die Märchen sind halt Nürnberger Waar',
Wenn der Mond Nachts in die
     Boutiquen scheint:
Drum nicht so strenge, lieber Freund,
Weihnachten ist nur einmal im Jahr.

Eduard Mörike 1845

Eduard Mörike
* 8. September 1804 in Ludwigsburg † 4. Juni 1875 in Stuttgart

17

WINTER

 **17**

»Schreiben, vor allem am Gedicht, ist eigentlich meine Art nachzudenken.« Tina Stroheker kann Erleben in eindrucksvolle Sprachbilder verwandeln. Sie spricht Bekanntes an, die vermeintlich kleinen Wahrnehmungen, aber so, dass dahinter etwas sichtbar wird, und gibt damit der eigenen Fantasie Raum.

WINTER

Weiße
Grenze,
verwischt
zwischen Wiese und Wald.

Die Füße heben sich schwer.
Und: Das Gesicht gegen den Wind!

Gedanken an Winterfeldzüge.

Auf den Bauernhöfen
ist jetzt alles ruhig.

Wie frieren eigentlich Vögel?

Nach dem Wald
zur Siedlung.
Wo Menschen wohnen,
beginnt der Matsch.

Tina Stroheker

Tina Stroheker
* 13. Juni 1948 in Ulm

18

Das alles ist ferne, ferne.

Nur meine Sehnsucht geht gerne
noch heute drin ein und aus.
Ein einsam verschneites Haus –
und über ihm die Sterne ...

Manfred Kyber 1824

*Manfred Kyber schloss sich der anthroposophischen Bewegung
an und beschäftigte sich mit Okkultismus. Berühmt wurde
er für seine Märchen und ungewöhnlichen Tiergeschichten.
Ausgezeichnet wurde er aber als Tierschützer und Kulturkritiker –
eine Haltung, die heute so aktuell ist wie nie.*

HEIMAT

Ein einsam verschneites Haus,
und über ihm die Sterne –
es geht meine Sehnsucht so gerne
noch heute drin ein und aus.
Das Feuer in seinem Herde
war das Licht meiner Kinderzeit
und die Erde war meine Erde,
von meinen Vätern geweiht.
Nun leb ich in fremden Gauen,
ein heimatloser Vagant,
und werde sie nie wieder schauen:
das Haus, den Herd und das Land.
Durch des Hauses leere Fenster
heult der nordische Wind
und Schatten und Gespenster
seine Gesellen sind.
Nur meine Gedanken und Träume
im erloschenen Herde glühn
und schmücken die alten Räume
mit frischem Tannengrün.

Karl Manfred Kyber
* 1. März 1880 in Riga † 10. März 1933 in Löwenstein

19

Assoziative Bilder, Satzfragmente, radikal verknappt, klar konturiert und dabei fein differenziert – das ist Eva Christina Zellers Lyrik. Ihre Sprache ist emphatisch und berührend, aber nie sentimental. »Mit jedem Gedicht betritt man Neuland«, sagt sie.

die stille hat türen
gehe hindurch

dort stehen bänke
die riechen nach luft

Eva Christina Zeller

Eva Christina Zeller
* 2. Juli 1960 in Ulm

20

20

Brentano ist einer der Hauptvertreter der Heidelberger Romantik, einer ästhetisch-philosophischen Bewegung, die Teil einer ersten Modernisierung war. Zunehmender Verunsicherung durch Beschleunigung und Traditionsverlust setzte er Fern-Sehnsucht in Form von Märchen, Mittelalter- und Reiseromanen entgegen.

Engel, die Gott zugesehn,
Sonn und Mond und Sterne bauen,
Sprechen: »Herr, es ist auch schön,
Mit dem Kind ins Nest zu schauen!«

Clemens Brentano

Clemens Wenzel Maria Brentano
* 9. September 1778 in Ehrenbreitstein
† 28. Juli 1842 in Aschaffenburg

21

21

Der deutsch-jüdische Dichter Alfred Mombert, war ein heimat-
verbundener Weltreisender – jedes Mal kehrte er nach Heidelberg
zurück. Möglicherweise war es gerade diese Heimatliebe, die ihm
den Blick auf die Realität verstellte und ihn nicht rechtzeitig ins
Schweizer Exil fliehen ließ.

SCHNEEFALL

Und viele Tage fiel nun schon ein Schnee.
Nur Schnee. Nur Schnee.
Stumpfgrau der Himmel! Sonnelos.

Und eines Morgens sprach Er sanft zu Ihr:
»Laß uns gehn.«
Sie nickte nur und nahm ein seiden Tüchlein
und schloß die Kammer.

Sie wandeln Hand in Hand durch tiefen Schnee.
Träumend.
Lächelnd.

Der letzte goldene Schimmer
                    wandelt aus dem Land ...

Alfred Mombert

Alfred Mombert
* 6. Februar 1872 in Karlsruhe † 8. April 1942 in Winterthur

22

DÄMMERUNG

22

Die Gedichte des Malerpoeten Christoph Meckel zeugen von seiner Sehnsucht nach Ferne, aber auch von einer engen Verbindung zu der Landschaft seiner badischen Heimat. Seine Figuren wirken zeitlos märchenhaft und evozieren dennoch detailgetreue Wirklichkeiten.

DÄMMERUNG

Wo die Ochsen das Schweigen wiederkäun,
beherbergt der Heumond
Vorräte Goldes im Wald,
Kleefuhrwerke kommen von den Bergen,
in den toten Brunnen
hausen die Hähne.

In den Schatten torkeln
die vollen Scheunen,
Kühe wandern auf unsichtbare Märkte,
spät kommt ein hölzerner Engel aus der Kapelle
und schläft im Gras
bis zum Morgengebet.

Christoph Meckel

Christoph Meckel
* 12. Juni 1935 in Berlin
† 29. Januar 2020 in Freiburg im Breisgau

23

23

Christine Langer ist eine einfühlsame Beobachterin, ihre Natur-
wahrnehmung – eine ihrer wichtigsten Inspirationsquellen –
ist unkonventionell. Ihre Gedichte laden dazu ein, sich diesem Un-
vertrauten zu überlassen, in die traumhaft-leichten Wortlandschaf-
ten einzutauchen und der eigenen Fantasie zu folgen.

ADVENT

Über Schnee ins offene Buch
Einer Bewegung

Ich zeige dir den tannenweißen Umriß eines Engels
Vor Wolkengipfeln zurückgelassener Zeit

Christine Langer

Christine Langer
* 1966 in Ulm

24

WEIHNACHTSBOTSCHAFT

Für Hilde Domin, deren Künstlername auf ihr Exil in Santo
Domingo in der Dominikanischen Republik zurückgeht, ist
das Exil eine menschliche Grunderfahrung, ist doch das gesamte
Leben auf der Erde seit der Vertreibung Evas und Adams aus dem
Paradies eine beständige Suche nach einem neuen Paradies.

WEIHNACHTSBOTSCHAFT

Die Heiliggeistkirche hell erleuchtet ...
Das Johannesevangelium.
Am Anfang war das Wort.
Dann das Lukasevangelium.

Und der Engel mit dem Schwert gab in
dieser Nacht die Paradiespforte wieder frei.

»Die Tür zum Paradies« hieß es.
Ich hatte es mir nie überlegt, dass es
ja weiter bewacht und verboten ist.

Das war für mich die Weihnachtsbotschaft:
dass in dieser Nacht der Cherub
den Wachposten räumte.

Hilde Domin

Hilde Domin
* 27. Juli 1909 in Köln † 22. Februar 2006 in Heidelberg

QUELLEN

15 Max Kommerell (1902–1944) – *Eine Zeichnung.*
In: Gedichte, Gespräche, Übertragungen. Mit einem Essay von
Helmut Heißenbüttel. Olten und Freiburg im Breisgau 1973. S. 243

16 Eduard Mörike (1804–1875) – *An einen kritischen Freund.*
In: Werke und Briefe. Historisch-kritische Gesamtausgabe. Bd. 1/1: Gedichte.
Ausgabe von 1867. Hrsg. von Hans Henrik Krummacher. Stuttgart 2003.
S. 208 (180)

17 Tina Stroheker (*1948) – *Winter.*
In: »PROVINZ« oder die zufällige Wiederentdeckung der Mondsichel.
Eislingen 1982. O. S. © Tina Stroheker
Zitat in: Tina Stroheker. Alltag mit Literatur. Gespräch mit Gerd Kolter
anläßlich des Stuttgarter Literaturpreises (1993). In: Tina Stroheker.
Aufenthalt II. Vermischte Prosa. Eislingen 1998. S. 28

18 Manfred Kyber (1880–1933) – *Heimat.*
In: Herdflammen. Manfred-Kyber-Nummer. Reval, 1. Mai 1924/Nr. 9

19 Eva Christina Zeller (*1960) – *die stille hat türen.*
In: Die Erfindung deiner Anwesenheit. Mit einem Nachwort von
Roland Kachler. Klöpfer & Meyer. Tübingen 2012. S. 44.
© Eva Christina Zeller | www.eva-christina-zeller.de

20 Clemens Brentano (1778–1842) – *Engel, die Gott zugesehn.*
In: Gockel, Hinkel und Gackeleia. Ein Mährchen.
Frankfurt am Main 1838, S. 226

21 Alfred Mombert (1872–1942) – *Schneefall.*
In: Tag und Nacht. Gedichte. Heidelberg 1894. S. 93

22 Christoph Meckel (1935–2020) – *Dämmerung.*
In: Tarnkappe. Gesammelte Gedichte. Hrsg. von Wolfgang Matz.
S. 19 f. © 2015 Carl Hanser Verlag GmbH & Co. KG, München

23 Christine Langer (*1966) – *Advent.*
In: Körperalphabet. Klöpfer & Meyer. Tübingen 2018. S. 100.
© Christine Langer

24 Hilde Domin (1909–2006) – *Weihnachtsbotschaft.*
In: Sämtliche Gedichte. Hrsg. von Nikola Herweg und
Melanie Reinhold. Mit einem Nachwort von Ruth Klüger. S. 283
© 2009, S. Fischer Verlag GmbH, Frankfurt am Main

Verlag und Herausgeberin danken allen Rechteinhabenden für das Erteilen
der Abdruckgenehmigung. Wir haben uns bemüht, sämtliche Lizenzen
einzuholen, sollten wir trotz sorgfältiger Recherche nicht alle berechtigten
Ansprüche berücksichtigt haben, bitten wir um Nachricht an den Verlag.

1 Susanne Stephan (*1963) – *Die Wintersonne.*
In: Drei Zeilen. Fotografie von Franz-Josef Kretz. Neuer Kunstverlag. Stuttgart
2013. S. 5. © Susanne Stephan

2 Gustav Schwab (1792–1850) – *Am andern Morgen.*
In: Gedichte. Erster Band. Stuttgart und Tübingen 1828. S. 102

3 Cäsar Flaischlen (1864–1920) – *Dezember.*
In: Gesammelte Dichtung. Bd. 5: Zwischenklänge. Altes und Neues.
Stimmungen, Briefblätter, Von Festtagen und Werktagen,
Dies und Das, Singlieder. Stuttgart und Berlin 1921. S. 26

4 Walle Sayer (*1960) – *Adventsbildchen.*
In: Den Tag zu den Tagen. Klöpfer & Meyer. Tübingen 2006. S. 45.
© Walle Sayer

5 Hermann Hesse (1877–1962) – *Winternacht.*
In: Sämtliche Werke in 20 Bänden. Hrsg. von Volker Michels. Bd. 10:
Die Gedichte. © Suhrkamp Verlag Frankfurt am Main 2002.
Alle Rechte bei und vorbehalten durch Suhrkamp Verlag Berlin

6 Joseph Freiherr von Eichendorff (1788–1857) – *Weihnachten.*
In: Gedichte. Berlin 1837. S. 389

7 Kurt Heynicke (1891–1985) – *Die kleine Freude.*
In: Peter Rau: Kurt Heynicke. Schicksal eines Dichters in
Merzhausen 1943–1985. Merzhausen 2007.
© Kurt-Heynicke-Archiv der Gemeinde Merzhausen im Breisgau

8 Anna Breitenbach – *Im Wald.*
© Anna Breitenbach

9 Dr. Owlglass (1873–1945) – *Weihnachtlicher Wald.*
In: Simplicissimus. München, 26. Dezember 1937. 42.
Jahrgang/Nummer 51. S. 638

10 Hermann Lingg (1820–1905) – *Abendglühen im Winter II.*
In: Schlußsteine. Neue Gedichte. Berlin 1878. S. 37

11 Friedrich Hölderlin (1770–1843) – *Winter.*
In: Sämtliche Werke. Große Stuttgarter Ausgabe. Hrsg. von Friedrich Beißner.
Bd. 2/1: Gedichte nach 1800. Stuttgart 1951. S. 295

12 Justinus Kerner (1786–1862) – *Wintergefühl.*
In: Die Dichtungen. Erster Band. 3. sehr verm. Aufl. Stuttgart
und Tübingen 1841. S. 287

13 Matthias Kehle (*1967) – *Dezembermorgen.*
In: Scherbenballett. Klöpfer & Meyer. Tübingen 2012. S. 107. © Matthias Kehle

14 Victor von Scheffel (1826–1886) – *So unsanft mag kein Winter schnein.*
In: J. V. von Scheffels Werke. Auswahl in sechs Teilen.
Hrsg. mit Einl. und Anm. vers. von Karl Siegen und Max Mendheim.
Band 5: Episteln. Berlin 1917. S. 193

IMPRESSUM

Schön, dass Sie ein Buch aus dem 8 grad verlag
in Händen halten. Wir setzen auf nachhaltige
Produktion. Unseren wertvollen Rohstoff Papier
beziehen wir aus verantwortungsvoller Waldwirt-
schaft, dokumentiert mit dem FSC®-Logo.

1. Auflage 2022
© 2022, 8 grad verlag GmbH & Co. KG
Sonnhalde 73 | 79104 Freiburg

LESEZEIT: 01
Herausgegeben von Victoria Salley

Illustration und Umschlaggestaltung:
Antje Therés Kral, München/Nardò
Layout und Satz:
Antje Therés Kral, München/Nardò
Korrektorat:
Stephan Thomas, München
Gesetzt aus der Transat von Gregory Shutters
und der Corporate A von Kurt Weidemann
Papier:
Omnibulk 135g/m² 1,3-fach
Einbandmaterial:
Peyer, Peyvida fina 270 g/m²
Herstellung:
folio · print & more, Zirndorf
Druck und Bindung:
Louis Hofmann Druck- und Verlagshaus, Sonnefeld
ABCbuchbinderei, Nürnberg

Printed in Germany
ISBN 978-3-910228-03-0

www.8gradverlag.de